부끄러움을 벗다

나무시인선 028

부끄러움을 벗다

1쇄 발행일 | 2024년 11월 05일

지은이 | 하인근
펴낸이 | 윤영수
펴낸곳 | 문학나무
편집 기획 | 03085 서울 종로구 동숭4나길 28-1 예일하우스 301호
이메일 | mhnmoo@hanmail.net

출판등록 | 제312-2011-000064호 1991. 1. 5.
영업 마케팅부 | 전화 | 02-302-1250, 팩스 | 02-302-1251
ⓒ하인근, 2024

값 13,000원
잘못된 책은 바꾸어 드립니다
지은이와 협의로 인지는 생략합니다
본 책은 저작자의 지적 재산으로서 무단 전재와 복제를 금합니다.

ISBN 979-11-5629-179-4 03810

부끄러움을 벗다

하인근 시집

문학나무

몸부림이 있었다

오랫동안 절도를 지켰지만 그보다 더한 충직함에 익숙한 세월이었다. 이 길이 천직이라 생각했고 다음 생도 그 길을 갈 것 같았다. 군복에 익숙해서.

그 익숙함을 벗어던지기 위한 몸부림이 있었다. 그러면서 수많은 벽을 쌓고 허물고 수리를 했다. 구도자의 마음으로.

시시한 줄 알았던 줄탁동시가 이제는 새로운 깨우침을 준다. 새로운 눈을 뜨게 한 시의 맛! 그 맛을 보라고 탁 내미는 언어의 절묘한 수. 늘 쓸 거리가 눈 앞에 펼쳐지는 것에 감사한다.

서툰 걸음이지만 내게는 소중한 이야기를 천천히 하련다. 텅 빈 종이에 시시콜콜한 그리움을 새길 것이다.

2024년 9월
하인근

차례

해설 | 이승하 시인, 중앙대 교수

제1부

군문 안에서

우로 봐

서로 다른 마음
서로 다른 걸음
어떻게 맞출지 멈칫

사열대에서 쪼아대는 비수
열도 못 맞추냐고

한겨울 계곡에
얼음 깨고 입수한다

― 우로 봐
― 춘성

차렷!

부동자세
독 오른 눈빛
쭉 뻗은 팔

앞으로 갓!
당당한 걸음 더 힘차게

뛰엇!
다친 다리로 달려드는 잔디
뒤로하고 당당하게 막사로 뛴다

차렷!

잔디를 아프게 함께 밟았던
전우가 보고 싶다

뜨거운 눈물 콧물 맛을 봐야 산다
— 화생방훈련

데모의 맛이다
왜 벗기지
악을 쓰면서 불러야 품격이 남다르다

땀구멍에 비상이 걸렸다
햇빛에 놀라 화상 입은 지렁이처럼
따갑게 미련이 밀려 나온다
벗는 척할 걸

바람도 달아났다
맵고 따가운 맛에

미련을 씻고 씻어도
매캐한 맛 소리 없이 눈물을 쏟아낸다

집 떠날 때 애써 참았던 눈물

여기서 흘리다니

아레스도 흘린 눈물

꼭꼭 숨어라
— 위장

카멜레온 노랫가락이 그립다

무궁화꽃이 피었습니다
어디 보자
장독대 뒤에 없네
마음속을 들켰다

철없는 방탄 헬멧에 꽃이 피었다
박살나게 날 봐 달라는 것

밋밋한 하늘 아슬아슬하게 먹구름을 걸친다

탈이 났다
위장을
다 쏟았다
전투복 구석구석 감춘 그리움

〈

초병의 철모에 잡초가 무성하다

이러기 전에 꼭 이겨야 한다
— 총검술

막고, 찌르고, 돌려 차고 베어야만 산다
뜨거운 피가 식어가는 것을 보겠다는 것

두려움을 햇빛에 말려야만
겁 없이 달려 나갈 수 있다

가슴이 고통스럽게 아프다는 건
한 방 먹었다는 것이다
그래도
아랫도리가 섰다는 건
아직도 한 수를 쓸 힘이 있다는 것이다

피할 수 없으면 즐겨야 한다
죽음의 숭고함이다
죽은 자에 대한 배려다

식은 술잔은 잊어야 한다
— 전술훈련

불타는 전선에 비상이 걸렸다
그것도 다들 잠든 시간에

죽음을 담보로 한다

수단과 방법을 가려서는 이길 수 없다
생존권이 걸려 있기 때문에
고난을 알고도 조국을 찾는 청년들이 넘쳐야 한다
더 이상 밀릴 곳도 없이 배수진을 쳐야 한다
부전승은 스포츠 경기에나 볼 수 있다
이기기 위해서는 이순신 정신으로 싸워야 한다
적보다 은밀하게 위대하게 스며들어
적이 누르려고 안달 난 단추를 멈추게 해야 한다
이 땅에서 한 방은 서로 망하는 길
우리를 노리는 강대국들 입맛 돋우는 일이다

전술훈련도 설명서대로 해야 한다면
정말 큰 일이다

강한 훈련이 귀한 아들 잡는다고
연일 알림 창들이 난리다

연탄불보다 더 진한 뜨거움이다

발뒤꿈치에 와 닿는 낯섦
여린 발바닥에 느껴지는 짜릿함
첫 느낌은 설렘과 두려움

— 사열대 집합 10분 전

우당탕퉁탕 소리에 척척 걸쳐지는 놀란 군복
눈동자보다 더 검은 군화가 힘을 쓰고
뜨겁게 달아오른 열기를 식힌다

훈육 장교 구령 소리 떨어지기 무섭게
지렁이 같던 줄 영천역* 철길이 되고
여린 눈에 서서히 깡이 스며들었다
어정쩡한 군홧발도 척척 손발이 맞고
삐져나온 군복도 알아서 제자리를 찾았다

— ○○○ 후보생 전투화 수입 불량 벌점 10점

연탄불 같던 점호시간 차갑게 얼어붙고
전투화에 낀 나약함을 털어내라는 소리
눈썹달 눈웃음 아래 툴툴 털어낸 사회 물

양파 맛보다 더 진하게 우러나는 하루
시꺼먼 속살 더 검게 쏘아대는 매운 손맛
발뒤꿈치 맛본 전투화를 달랜다

불침번 서는 전투화 잔뜩 군기가 들었다

*육군삼사관학교가 있는 도시.

제135 군사우체국

실타래에 담긴 사연들을 싣고
전국으로 달려나간 군사우편

눈물을 뽑고 그리움은 어쩌나
사연을 담아 띄우면
다시 돌아온 답장
흙먼지 범벅이 된 얼굴엔 단비
없던 힘도 없던 희망도
불쑥불쑥 생기게 하는 힘

파김치가 된 몸도 샘솟게 하는 그리움
손전등 비춰가며 쓰는 편지에
어느새
두고 온 사랑엔 가슴 저미고
그리움을 벗기는 글엔 눈물이 담겼다

뽀얀 턱선 검게 그을린 사진 한 장
쑥 밀어 놓고 기다림을 담는다
어느 힘든 날 불쑥 찾아오라며

담장 넘어 불어오는 바람은
더 힘든 걸 이겨내는 또 다른 보약

먼저 봤는데 어떻게 하지
— 개인화기 사격

살아야 하기에 총을 들었다
죽이는 일 없길 빌며 방아쇠를 당긴다

손마디엔 종교도 연민도 다 버려야 하는 것
뜨거운 심장이 차갑게 얼어붙게 해야만 하는
훈육 장교의 외마디가 아니면
차마 당기지 못하는 것
인간병기가 되어야 지킬 수 있다는 걸 알았다

영점도 제대로 못 잡은, 아니 안 잡은 총
사선에서 나타난 표적을 쓰러트려야만 하는
— 첫 사격 12발 합격에 11발로 불합격
벌써 머리엔 영천 날씨가 된 훈육 장교 얼굴이 맴돌
고
아니나 다를까
— 불합격자는 전원 옥녀탕으로 입수

뜨거운 몸에 확 스며드는 비릿한 물맛
— 측정 사격 불합격자는 막사까지 구보
다들 벼락 맞은 대추나무가 되었다

측정 사격 20발 18발까지 명중
남은 건 100m, 200m 표적 각 1개
하나는 만발을 그리다가 목 옆으로
또 다른 하나는 아쉬움에 땅을 쳤다
방심은 요행을 주지 않는다는 걸
구름에 달 가듯 잊었다

이건 살기 위한 몸부림이다

하늘에서 쏟아지는 흙탕물을 맞다
— 각개전투

죽음이 기다리는 곳
죽음을 밟고 가야 하는 길
발걸음에 걸린 그리움을 뿌리쳐야 한다

뚫어야만 하는 통곡의 벽
조국보다 전우, 전우보다 사랑하는 이를 위해
살아서 돌아가야 하는 또 다른 이유다

온몸을 쑤셔대는 공포
힘 빠진 다리를 붙들어 매는 망설임
불끈 솟은 장딴지 힘줄 팽팽하게 운다
허공을 붙든 거미줄 구멍 사이로 지나가는 기관총
소리
물 웅덩이 옆에서 펑펑 터지는 TNT 소리
모두 다 베토벤의 운명 교향곡
잘려나간 허리를 잇기 위한

〈

아픈 허리도
까진 무릎도
죽음 앞에선 고급스러운 사치다

피 비린 아우성을 넘어 함성으로
살았다 죽음을 밟고
죽었다 조국을 품고

가슴에 달린 전우를 메고
눈물을 훔친다
함께 가지 못해서

여기가 어디지
— 독도법*

지도가 잘 찾아오라며 손짓을 한다
새소리, 물소리 잔뜩 들려주며

길 잃은 구름 글썽이는 눈물을 먹고
오리무중이 되었다
묵언수행 중인 스님 얼굴에 미안함이
뒷동산 밀실을 들킨 사랑꾼 눈엔 민망함

이리 보고 저리 봐도 똑같아
5일장 끝물 떨이하듯
길가에 꽂힌 부호 너도나도 다 그렸다
누가 간밤에 조상님 음덕을 받았는지 보자며

더 넓은 세상을 찾아간 모험가
포항 물회가 좋다는 애길 들었는지
서울 친구들이 모조리 그곳에 나타났다

박꽃보다 더 하얀 이 드러내고

'포항까지 간 것을 보니

어디 내놓아도 아무 걱정 없다'라는

훈육 중대장의 목소리는 회초리보다 더 아팠다

그 길을 지금도 걷고 있다며

포항에서 전화가 왔다

가슴 속에 접힌 부끄러움을 활짝 펼친다

*지도 찾는 법.

행군

발에 좋다는 것 찾는 날이면
붕붕 날아다니는 황금마차
딱딱한 전투화에 꽃이 피고
철모 속, 치맛바람으로 애교를 떠는 마릴린 먼로
수통을 보고 취한 낮달
달아올라 어둠을 재촉하고
방독면엔 보름달이 숨었다

— 10분간 휴식
황금마차 분신이 피로를 달래고
불타는 발바닥 물집을 따갑게 잡아챈다
아직 갈 길이 많다는 걸 알기에
물기 없는 수통을 마신다
다 알면서도 눈을 감는 별
그 옆에서 애타게 줄어든 수통만 보는 눈들
슬쩍 건네기 무섭게 텅텅 비었다

남은 길 보약 같은 것을
그렇게 공범을 만들었다
이젠 무섭지 않다 우린 진짜 하나가 되었기에

부모님 같은 군장을 메고
철모를 뜨겁게 식혀대는 땀방울
무작정 밀려오는 졸음에 휘청이며 걷는다
나약함이란 벽을 넘어야 하는 길이기에
절대 포기란 없다는 듯
어둠을 희망으로 밀어내며 붉게 소리친다
'행군의 아침', '전우' 군가를 부르며
새벽을 등지고 달려오는 군악대 소리
마지막 춤을 멋지게 추라는 추임새다
절뚝거리는 다리가 제법 당당하다
의지하던 발들이 힘을 낸다
이젠 혼자 갈 수 있다며

영천의 뜨거웠던 밤은 그렇게 밝았다

경계근무

어둠보다 더한 두려움을 싹 물리치고
군사작전보다 더 책임감이 막중한 일
자나 깨나 불조심보다 더한 지독함
한눈팔면 찾을 때까지 고통을 토해야 하는 것
이것은 생존의 첫걸음, 전투준비를 위한 밑거름

소리란 소리는 다 잡아내야 하는 끈기
빛이란 빛 다 들어야 하는 자신감
냄새란 냄새 다 볼 수 있다는 사명감
한번 뚫리면 다시 일어서기 힘든 것을 알기에
느슨한 바지춤을 더 추스른다

경계, 새로운 시작을 위한 전초기지

이곳은 수많은 사연이 돋아나는 곳
그만큼 탈도 많다는 것을 알기에

늘 긴장이 감돈다

졸다가 제대로 당했다
― 꼼짝 마라
― 움직이면 쏜다
― 화랑
― ……
― 화랑
― ……

내무반에 비상이 걸렸다
잠꼬대에

은밀하게 아무도 모르게
— 유격훈련

온몸 비틀기, 쪼그려 뛰기
이건 고문이다
그런데 코스마다 한다
교관들 우리를 원수 보듯

마지막 반복구호는 유격의 꽃이다
차가운 한여름을 뜨겁게 데우는 군고구마 같은
그런데
뒤통수가 서늘하다
이보다 더 좋은 피서는 없다는 듯
쉬는 시간이 두려워지는 이유다

더 깊은 곳을 파고들고
더 많은 것을 찾기 위해
더 사뿐하고 날렵하게 숨어야 한다
아무도 모르게

〈

가슴속에 숨겨둔 칼
물을 만났다
허릿살 줄어든 만큼

허약한 손에 굳은살은
몰랐다 또 다른 칼을 품었다는 걸
믹서기 칼보다 더한 지독함으로

구릿빛이 빛나는 날
파도보다 더 출렁대는 복근
은밀하게 유격대원이라고 부른다

실패한 배식

돌도 씹어 먹을 식성

주걱을 잡았다
배가 저절로 부르다

담장 너머 걸린 배가 큰 걸
몰랐다
먼저 먹은 입
알 길도 없고

남은 줄에 신난 밥주걱
내일을 부지런히 담는다
이 정도는 돼야지 부르는 노래
속았다 그 마술에

다 줬는데 또 생긴 줄

배식 조 들뜬 기분 뻘 속을 찾고
야무진 한 끼를 허공에 거미줄 친 거미

김빠진 맥주잔
분통 터지게 마셔댄다

30년 뒤 배부른 친구가 웃으면서 건네는 말
― 네 덕분에 이렇게 잘살고 있다

하늘에 꽃을 피웠다
— 공수훈련

더 깊이 파고들기 위한 또 다른 길

없는 날개를 다는 기술을 업고
공포를 어깨에 둘러메고 뛰어야 하는
공수라는 구호를 입에 달았다

식단에 닭 날개가 날았다
날마다
정말 나는 줄 알았다
그런데
막 떨어진다 막 타워에서?
살기 위해 허릿살을 잡아당겨야 했다

기구점프는
흔들리는 지구를 떠안는 기분이다
쫄아든 것 더 쫄고 있는

〈

C-130 수송기

그 굉음은 지옥을 부르는 소리

미사리 상공에 수많은 장미가 꽃을 피웠다

새파랗게 질린 하늘을 위로하기 위해

하얗게 핀 장미마다 기도가 떠다닌다

아무런 일 없이 다시 만나자는

그렇게 하늘을 날았다

진짜 날개를 달고

제2부
건설현장에서

터 파기
— 굴삭기

— 분열 앞으로
이건, 오랜 침묵을 마냥 깨는 일이다

땅이 내어준 탯줄을 드러내야 한다
더도 말고 딱 맞게 두부 들어내듯
이건 땅에 대한 최대한의 배려다

푹푹 담기는 흙들은 또 다른 탄생이다
꼭꼭 숨겨둔 순정을 새파란 하늘에 바치는 것
순수한 땅 내음이 이곳에 살 사람을 축복한다

여리디여린 살을 내어주고도
아프단 말보다 더 값진 말 한다
이곳에서 함께 오래오래 살자며

마사토*란 말만 믿고 심심하게 파고들었다

더는 내놓기 싫다고 앙다문 화강암
더 단단한 내일을 주겠다는 감사다

알기라도 한 듯 척척 깨고 파고 쌓는다
이건, 심술이 아닌 요술이다
저절로 엄지척을 드는 주인

밥줄 걱정 없이 두서너 수를 보고 척척 하는 고수다
— 다음에도 꼭 같이해요

*굵은 모래.

일당 알바

커피 맛에 차분하게 앉아 하루를 읽는다
AI보다 더 깔끔하게 지은 매듭을

바닥 치고 올라온 주가보다
더 값지고, 척척해야 한다
인력사무소가 또 부르도록

구름 한 점 없으면 더 힘든
이런 피트니스가 없다
그래도, 빈틈없이 해야 할 일
노동이 아닌 즐거움이다

떨어진 땀방울이 더 빛난다는 건
불러준 이에 대한 최소한의 예의
힘 빠진 배터리 마지막 힘을 쏟는다

무덤덤한 가로등에 불꽃이 피었다
선술집에 앉아 넘기는 술 한 잔은
또 다른 시작이다

통장에 찍힌 일당은
아들 학원비보다 적다

마음을 쓸고 맞추는 일

비가 흠뻑 내려야 알 수 있다
마음을 쓸어낸 자리가 텅 비었는지
욕심을 덜어낸 자리가 가득 채워졌는지

느림의 맛이 딱 어울린다
빠르면 빠를수록 뒷감당은 주인 몫

땅바닥을 차곡차곡 덮는다
더러운 양심도,
깨끗한 범죄도,
싹싹 비벼대는 말도,
끔끔하게 흘리는 땀방울로

여름 폭우에 떠내려가는 양심
비리를 펑펑 토해낸다
이건 해도 해도 너무한다며

한때는 저항의 상징이라 자랑했는데
지금은 보은을 덮어쓴 가면

철새만 오면 들썩대는 조용한 보도블록
두둑한 뒷주머니 말없이 콧노래를 부른다

바른 걸음으로 걸어 나오는 정의를 밟고
여기저기 파헤쳐진 양심을 덮고 덮는다

술안주는 없어도 씹을 것이 깔렸다

철이 없다 진짜

독이 제대로 올랐다

어쩌면 정신 줄을 더 잡았나 봐
무뚝뚝하게 떨어진 양심을 주웠다
너무 가볍다
아니, 정말 고맙다
그런 양심을 어떻게든 꽉 잡았는지
그 양심마저 똑똑하게 떨어졌다면
아찔하다

귀신은 속여도 자신은 못 속이는데

철근 배근공 손에 자부심이 담겼다
여린 철삿줄 칭칭 동여맨다 양심을
훗날 떨어질 줄 모르는 인내를 매달고

콩고물이 난무하는 건설현장
업을 차곡차곡 시한폭탄에 담는다
제 핏줄 다치는 줄 모르고

집에도 나이든 사내가 밥만 축을 낸다
마디마디 핀 양심을 하나둘 세면서

시멘트 작업

　— 까라면 깔 것이지 뭔 말이 이리 많아

　촉촉하게 깔린 터 반듯하게 미장을 하고 드러누웠
다
　고두밥이 되길 기다렸다 윙윙 돌렸다
　발정 난 고양이 소리도 깡그리 잊고

　— 박씨, 여기 십자가가 박혀 있네
　— 김 목사님이 몰래 박은 것 같은데
　— 내가 보기엔 더하기 같은데 이 집사에겐 그렇게
보이나 봐요

　이 집사님은 교회 성금을 위해 일당 중
　김 목사님은 정말 고마워 땀을 같이 흘리는 중
　박씨는 막걸리 한 잔이 생각나 나와 있는 중
　또, 다른 한 사람은 삼식이 소리 피해 나와 있는 중

〈

이 중에 스님은 없다
그런데, 간밤에 흔적을 남긴 이를 찾는 중이다

시멘트 바닥 모서리 가장자리에 적혀 있다
'아~멘'

간밤에 예수님이 다녀갔다고 이구동성이다
굳이 굳지 않은 시멘트 안 밟으셔도 되었다며

도색 작업

묵은 날을 단숨에 지운다
딸랑 한 줄에 매달린 두레박에 앉아

— 엄마, 벽이 울었나 봐요
어제까지 입고 있던 옷들이 사라졌어
— 구름이 심심하겠다 친구가 없어서

파란 하늘을 잡고
새로운 세상을 칠하고 있다
멀리서 봐도 가까이서 봐도
빈틈이 없다
쉼, 없이 달려간 이력이다

— 엄마, 벽에 꽃이 피었어요
나비도 벌도 날아올 것 같아요
— 저, 아저씨는 화가야 화가

— 엄마, 난 무지개를 그릴 거야

— 그래

또, 덧칠을 한다

장바구니에 앉은 무지개가 예쁘다

물막이 공사는 힘들어

이 뭣 고
한 마디에 싹 달아난 의문
이건 믿음이 깨진 소리

벽이란 벽 울다가 다 젖었다

더 낮은 곳으로 파고든 메마름
촉촉하게 한입 물었다
더 낮은 곳을 찾아서

실핏줄보다 더 깊이 파고든다는 건
다 잡을 수 없다는 것
그래도, 제대로 다 잡아야 해

물매를 잡고 끌어내야 하는 일
아니, 물매를 없애야 한다는 건

물도 알고 있다 힘들다는 걸

그래도, 털어내야 하는 미련

상추에 삼겹살을 싸듯
한 겹, 두 겹, 세 겹
짱짱하게 발라야 한다

창문 너머 무슨 일이 있었어

비바람 소리가 매섭게 파고들고
옆집 개 짖는 소리 더 크게 들린다

이건 어딘가 상처를 입었다는 것이다

밤새 울어대던 창
감춰둔 하소연으로 요란을 뜬다
바람 맞은 창문틀 틈새를 밀고

부르르 떨리는 몸에 처방한다
헐렁한 곳마다 짱짱한 쐐기를 박고
틈새에 난 성처들 몰 샐 틈 없이 치우고 채웠어
그리고, 문틀에 도배지까지

이건 더 큰 상처를 입을 수도 있겠다

올해 올 비가 어제 내린 줄 몰랐다
라디오 뉴스를 듣고서야 알았어

이건 모순이다

보일러 작업

또르르 그린 달팽이 집
분배기에 걸렸다
떼려야 뗄 수 없는 인생이다

곱게 구부린 곳, 깊은 상처를 숨기고
장대같이 쭉 뻗은 다리엔 꽃이 피었다

대쪽 같은 곳 눌러야 한다
엑셀 파이프 울지 못하도록
레미콘 타설에도 견딜 힘을 매단다
그것은 배려다 오랜 기간 버티라는

잔뜩 바람 든 내장
크렁크렁 떼를 쓴다 나가기 싫다며
다 토하면 찾아오라며 진단서를 내민다
따뜻하게 자고 싶으면 빨리 나오라는

〈

분배기가 귀뚜라미 소리에 잠이 들었다
엄마 방에서 새어 나오던 기침이 잦아들 듯

가득 채우려면 텅텅 비워야

이건 기선을 제압하기 위한 짜릿한 질서다

먹줄 따라 처음으로 만든 집
거푸집, 이것 없이는 시작도 못 한다
연거푸 걸어 나와 짝짓기를 한다

방아쇠를 당기고 있다
버림, 바닥에 걸쭉하게 매긴 먹줄을 향해
지켜야 하는 경계선은 꼭 지키라며

집마다 쌓인 믿음을 신뢰라는 철근에 묶고
틈이란 틈 다 막는다 틈새에 낀 낯선 상처도 함께
한 방울도 흘리지 않겠다며

모서리, 면마다 뜨겁게 달아오른 마음
찬바람 달아나듯 차갑게 텅텅 비워야만 한다

거푸집 깨고 튼실하게 걸어 나오길 바라며

이건 또, 다른 희생이 남긴 자부심이다

전기작업
― 전원주택

외롭지는 않다
늘 옆에 있어서

벽이란 벽 공기주머니를 차야 한다
전선이 들어설 공간마다
내장 속으로 눈에 보이지 않는 생명을 불어넣는다
당기고 미는 소리가 정겹다
다정한 고부 다듬이질하듯

불타는 가슴을 달랠 선線 호박넝쿨처럼
잘도 타고 넘는다 아무데서나 못 따 먹게
된장국에 넣을 호박잎 다 따야 한다
그곳에 콘센트 하나씩 박기 위해
막 달려가는 마음을 차단기에 매단다

이건

또, 다른 접속이다

벽을 탐하다

어설픈 풋내를 감추기 위해
쌓아야 한다 풋풋한 마음으로

모서리에 튀어나온 성질머릴 누르고
틈새에 걸친 까칠까칠한 친절을 붙잡고
은근슬쩍 이은 몸도 모른 척 팔짱을 끼고
깊게 팬 고랑에 담긴 심술을 묻고
모난 마음을 툭툭 달래며
타일을 차곡차곡 쌓아 타일 벽을 만들었어

높다고 그만두면 큰일이다
다음 날 인당은 없기에
까치발을 해서라도
무조건 오늘 안으로 타일러야
행과 열, 대각 다 안 맞아서
추상같은 추를 내려 차곡차곡 쌓았어

〈

벽 속에 갇혀 있던

그 풋풋한 마음을 걷었다

내 마음엔 울타리가 없는데

없어도 잘 살았는데
화살나무, 쥐똥나무 밑은 강아지 놀이터

선을 넘은 나뭇가지 상처가 심하다
싱겁게 키 큰 접시꽃 장맛비에 비스듬히 가셨다
6m 공용도로를 침범했다고

조용한 마을이 수상하다
없던 상처들이 쌓이고 쌓인다
무섭다
창문을 열기가

펜스 만드는 사람들 얼굴이 무덤덤하다
선은 넘지 않겠다는 듯

오가는 정, 지독한 가뭄에 걸렸다

하늘이 풀 일은 아닌데

마파람 솔솔 부는 원두막을 두고도
얽어매고 있다 찜통더위를
쉼을 잊은 에어컨, 지구를 데우고 있다
꽁꽁 둘러싸인 집에 있는 한 사람을 위해

나눠 먹던 감자, 고구마, 옥수수가 그립다
나눌 일이 없어 지갑이 넉넉해졌는지
창문을 타고 고기 굽는 냄새만 가득 풍겨온다

이건 생각조차 못 한 변수다
언젠가, 저 냄새마저 안 맡겠다고 할지 서글프다

우리 집에 평상이 생겼어요

화가 난 발코니 바닥이 들고 일어섰다
1년도 아닌, 한 철도 안 지났는데

이건 분명한 합법적인 사기다
돈 다 받았다고 신호는 가는데 안 받는다
타일 장인이랍시고 들먹거리더니
막상 일은 층층나무를 타고 내렸는지

울며 겨자 먹기로 여행 비자금을 썼다
마음껏 뛰놀 손주와 이웃 아이들을 위해
안 해줘도 된다고 손사래 치는 손이 웃는다
덩달아 옆에서 손주 바라기 아내도 입꼬리가 올랐
다

발코니 아래 금방 울 것 같은 타일을 걸고
아연 각관 위에 멀바우 나무를 깔았다

마실 가는 영희 할매, 들일 가는 철수 할배 쉬었다
가시라고
　　어릴 적 감성이 담긴 평상이라고 명했다

　　이름 걸고 만들었으니
　　나무 소리가 정겹다

수리수리 마수리 마음을 수리합니다

큰일보다 더 큰 일을 앞두면 뭔가 꼭 하나씩 탈을
한다

지난번에 손본 변기, 돈맛을 알았나 보다
또 말썽이다
딸을 부르기 위해 단축번호 1도 누르지도 못할 냄새
다

유효기간을 보니 1년이 넘었다
지난번에 다 들어내라는 애기가 윙윙거리며 웃는다
아껴보겠다고 해서 딱 그 값만 줬는데
싼 게 비지떡이란 말, 정겹다

용하다는 선수 시간이 없다고 해서, 막고 폈다
궁하면 통하는 법
드러내고 보니 양심이 없다 정심을 넣었어야 했는

데

그 긴 세월 야무지게 막아준 백시멘트가 고마웠다

정심을 끼웠더니
양심이 살아났다

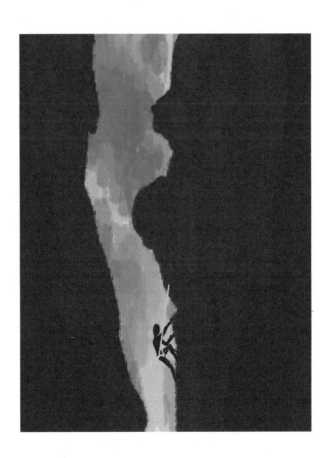

제3부

공구를 찾아서

자기 말고 자귀

허공을 피눈물 없이 싹싹 가르고 갈랐다

더 빛나는 날
더 실룩이는 엉덩이춤에
더 새파랗게 놀란 통 큰 나무
더 많은 업을 깎고 깎는다 툭툭

소복이 쌓은 자귀* 밥은 나무의 역사다

아주 오랜 자귀질 끝에
믿음직한 기둥을 낳았다
품었던 마음을 은근슬쩍 내민다
대들보에 순정을 바치겠다며

허공을 동여맨 거미줄을 놓았다

*자귀 : 목재를 찍어서 깎고 가공하는 연장.

속살 파먹는 재미에 풍덩 빠지다

― 탁상용 드릴머신

질 수 없는 싱거운 싸움이다

스산한 바람이 불어야 힘이 난다
걸리면 제아무리 예쁘고 귀여워도
모조리 죽여야 한다

전리품에 걸려 있는 무딘 날
차곡차곡 쌓인 이야기를 까먹고
전쟁터에서 첫 승을 한 새날
미친 듯이 다 잡아먹는다
제 날 죽는 줄도 모르고

너무 얕잡아보다 예리함이 달아났다
이건 재료들의 짜릿한 반란
같이 죽자며 덤비는 바람에
불티나게 당했다

〈

떨어진 날카로움은 또 다른 상처를 낳는다
여기저기에서 상처들이 수런수런한다

이젠, 승전보를 울리고 자리를 넘겨줘야겠다

눈금을 삳바에 꽉 동여매고

구부러진 허리에 걸린 하루를 달래는 날

양손에 닥친 일거리 힘겹게 다가오고
헐렁한 바지춤을 추스르니 잣대에 놀란 그무개*

야윈 손에 안긴 눈금을 삳바에 꽉 동여매고
파랗게 질린 나무에 딱딱 맞아떨어지게 맞배지기를

등대기에 꽁꽁 묶인 몸을 밀고 또 민다

거친 살을 날로 먹으려고
빗길에도 눈길에도 이랑곳없이
날을 시퍼렇게 들이대야 하는 일이다

아프다고 힘들다고 울어도
차갑게 데워진 날을 앙앙 물고

달아오른 나무 속을 덜어낸다 뜨겁게
빠르게 산 넘어가는 햇살을 끌어안듯

구부러진 허리에 걸린 하루를 지운다

*그무개 : 목재에 정해진 치수의 평행선을 긋거나 자리를 내는 데 쓰는 공구.

분통 터지는 날

세상에 이런 줄 없을 정도로 딱딱 맞아야 하는데
하필이면 이런 실수를 할 줄이야

시간표대로 착착 맞았는데 먹구름이 끼다니
입찰 성사 소식에 싹 빼앗긴 들뜬 마음
기쁘다 못해 눈 뜨고 제대로 한 방 맞았다

모내기 못줄같이 후끈 달아오른 마음을 급히 잡고
봄바람 맞은 꽃잎 내려앉듯 분한 얼굴에 퉁 튕긴 줄
그린 분홍 줄은 하루를 마무리하는 지름길이다
여기서 그린은 무얼 말하나요
술 취한 듯 들뜬 눈엔 분명 그렇게 보였기에

가을걷이하는 손에 잡힌 먹줄 까맣게 잊고
힘없이 두~둥 튕긴 새까만 줄 하나
— 야! 분통 터지게 할 작정이야

먹통이 아니고 분통으로 해야지

시무룩한 먹줄에 분을 칠한다 변명거리를 생각하며

— 일 잘한다고 해서 믿고 맡겼는데 이게 뭐예요
잘못된 것 다 바꿔주지 않으면 잔금 받을 생각은 마
세요

너덜너덜해진 자존심 나사못 빠지듯 달아나고
애꿎은 나무에다 화풀이를 한다
이왕 이렇게 된 것 빨리 끝내고 술이나 먹자

복장 터진 김 목수 눈에 가득한 미안함
주름진 하루가 주름살에 더 깊게 파고든다

오! 함마*라니

쿵쿵―쿵
이 맛을 볼 줄 몰랐다

설계에도 없던 암석이 나왔다
이건 화난 흥부가 간밤에 심어 놓은 놀부심보다

양철지붕처럼 요란한 망치
방정만 떨다가 어딘가로 사라지고
기가 센 해머 드릴 전기를 연거푸 막걸리 마시듯 먹
다 나가떨어졌다
그렇게 잘 돌던 발전기와 함께

남은 햇살을 잡아둬야 할 그림자는 더 길게 벌을 서
고 있고
벌떡주酒에 취해 잠자던 함마가 갑자기 등장했다 구
원투수로

〈

암석 옆구리를 겨냥한 정釘, 방심하다 삐끗
오! 함마에 확 달아났다
왼손 엄지손톱 반이
이것은 가족에게 숨길 수 없는 상심이다

피할 수 없는 일, 결국 피를 봤지만
오기로 휘두른 함마
솟구치는 아랫도릴 처절하게 응징했다

* '오'는 일본어로 '크다'라는 의미이고 뒤에 붙은 '함마'는 망치라는 뜻의
  영어 hammer의 일본식 표현. 일본의 영향을 많이 받은 건축 현장의 표현
  임.

그리움을 묶습니다
— 결속선

헐거우면 쫓겨나기도 전에 잘린다

유들유들 움켜쥐고
가족의 끈을 철저하게 묶는 일이다

그 흔한 이름 반성하면서도
또 쓴다 입에 짝짝 달라붙게
반생이*라 부르며
말리는 시누가 더 미운데도 살갑게 부른 시누**가
미운 마음을 철든 철에 척척 마구마구 묶는다

어젯밤 꿈에 웃으며 나타난 성수대교 생각에
비 맞은 철끈을 더 야무지게 질근질근 옭아맨다
가따***가 오지 못하도록
그래도,
녹슨 그리움을 동강동강 잘라주는 가따가 좋다

〈

장맛비 모질게 맞고도 울지 않는다는 건
철근이 꿈꾸는 세상을 제대로 묶었다는 것

우쭐하는 자만심을 자르고 방심을 단단히 묶고 또
묶는다

아차, 턱 속을 제대로 봤어야 했는데

— 공구들의 합창

그때는 왜 안 보였을까

한 턱을 넘기 힘든 곳이란 걸

속실리* 전원주택 방부목 데크

다 벗고 휘날리는 벚꽃 비에 반하고 취했는지

빗소리 품은 평상 위에 핀 꽃 눈짓에 반했는지

그냥 덥석 물었다 이름을 남길 수 있도록 하라는 말에

그런데, 시간이 멈춰지는 맛 아주 맵게 볼 줄이야

툭툭 떨어지는 묵은 정을 들춰내고 무지하게 떼어
내고

곰삭은 속살을 긴 장도리로 들쳐 드는 순간

한 턱이 '요놈 봐라' 하고 배시시 웃고 나왔다 아주
얄밉게

방부목도 아닌 시멘트 길이 비스듬히 누워서

수많은 고수들 얼굴이 웃고 다가왔다 그만하라고

〈

　넉넉한 웃음이 멋진 주인 '그냥 덮고 그대로 하자'
는 말에
　지나간 고수들의 얼굴에 한 획을 그었다 하면 된다며
　벽에 붙은 옹고집을 뼈아프게 떼어내기 위해
　파괴용 해머드릴은 신경질을 부리며 묵은 때를 투
덜투덜 털고
　불꽃에 빠진 그라인더는 철근에 담긴 심술을 달래
며 카랑카랑 잘랐다
　이젠 새로운 세상 말랑말랑 맛보라며

　도도한 턱을 없애고 장판 펼치듯 새 옷을 입었다
　그것도 방부목이 아닌 값비싼 낙엽송으로

　떼어낸 시멘트 잔재들 디딤돌로 더 밝은 세상을 받
치고 있다

　이제야 알았다
　다 벗어던져야 한다는 걸

*강원특별자치도 횡성군 청일면 소재.

핸드그라인더

철없는 철을 딱 맞게 잘라 달라는 다급한 소리
윙윙 도는 날은 더 급히 크렁크렁 헛기침을 하고

용서, 자비라고는 도저히 찾아볼 수 없는

아차, 싹둑 잘린 것
다급히 멈춰도 되돌릴 수 없는 아찔함

통통 튕기며 달아오른 날
손을 벗어난 희열에 들뜨고
손쓸 새도 없이 쓰라린 맛을
간도 못 보고 싱겁게 본 맛

굳은살 가득 뭐든 척척 해대던 손
선짓국 뚝뚝 떨구며 땅이 꺼지는 하품을 하고
떨어진 체면을 뒤로하고 급히 달려간 정형외과

〈

방심은 또 다른 아픔을 준다

아찔하다

또 잘라야 하는 일이

공구상자 한 모퉁이에 앉아 있는 얌전한 날 끄집어
내

시퍼렇게 질린 하루를 칼칼하게 도는 날로 잘근잘
근 씹는다

다 잡은 마음 더 단디* 잡고 살금살금 해야 하는 일
이다

*단디 : '신경써서', '꼭' 이라는 의미를 지님. '단단히' 의 경상 방언.

끌과 망치

나무야 나무야
수술대에 누운 나무야
어디가 아파서 몸살을 하니
숫돌 맛본 날선 끌이 무서워서 그러니
아니면 뒷머리 무정하게 치는 망치가 두려워서 그
래

끌 끝에 걸린 선線, 붉은 핏기 없이 눈을 흘기고
외줄 타듯 선을 야금야금 먹으며 가는 끌
천천히 간다고 말없이 때리는 힘없는 망치
아프다는 소리보다 맞는 소리에 맞춰 더 곧고 더 깊
게
먼저 매 맞은 나무, 짝 맞는 기쁨에 아픔도 잊고

대팻날 먹고 뽐내던 그 고운 몸에 새긴 상처들
구멍 난 네모에는 침묵하자며 네모 입맞춤을

화난 얼굴 웃으라며 나비장으로 애교를 떨고
늘 함께하고 싶다며 다가온 손 좋아서 주먹장으로
여린 상처를 말없이 달래고

나무 나사못 맛에 익숙한 어린 나무야
늙고 늙은 나무는
한번 입 맞춘 그 여린 입술
아직도 야무지게 물고 있어
파고 팠던 그 날〔刀〕 선 끝의 향기가 좋아서

어제를 쏙 파고들면
— 전동임팩드라이브

밋밋한 얼굴에 평생 남을 훈장을 박는다

거침없이 돌아가는 드릴은 굶주림에 지친 내 일
힘없는 나무는 저 밑에 숨겨둔 밥을 주며 달랜다
아프지 않게 한번 만에 꾹 눌러 달래며

윙윙거리는 소리만 들어도
집 나간 마음은 내 일 아닌 듯 더 멀리 달아나고
여기저기 떨어져 나가 나뒹굴고 있는 아픔들
웃고 있다 너도 당할 날 있다며

얌전한 얼굴에 꽁꽁 숨겨둔 나무의 응어리
웃으며 도는 날을 앙물었다 슬픔을 맛보라며
미처 멈추지 못한 힘에 겨워 뚝 달아난 날
옹이에 박혀 부러진 날에 맺힌 피눈물

보내야 하는 날 맞추기 위해
야속한 날을 빼어내고 더 싱싱한 날을 갈고
손에 머물 때, 제 몫을 다하도록
차갑게 식은 몸 더 차갑게 먹이는 물은 꿀맛

칼바람에 휘청거리는 나무 숨죽인다

싸늘하게 파고드는 날
겨울바람이 훈훈해지는 날

톱질

눈 머금은 선에 힘줄이 선다

거칠게 잡은 손

수많은 해와 달을 품은 몸서리들

아무런 말 없이 떨어져 나간 그 자리
날 맞춘다 햇살보다 더 진하게

소금에 절인 무 닮은 듯
검게 속 탄 마음을 하얗게 달래고 달랜다

숨죽인 날[刀] 더 야무지게 물고 있다
하루를 자르겠다는 야무진 각오다

눈 머금은 선, 아니 팔뚝에 성질이 돋는다

삽질

묵은 마음을 판다
이리저리 밟힌 상처
그 아린 속살 밑으로 시원한 바람을 불어 넣는다

뜨거운 날
가난을 삽질하던 아버지
여러 번 기워 입은 옷, 밭일로 메운 어머니

발목 힘줄에 걸린 식솔들
주린 배 채우기 위해 수없이 해댄 삽질
그 굳은살과 맞바꾼 원조받은 밀가루 한 포

가난을 눈물로 이겨낸 그 세월
청춘은 희멀거니 저만큼 가 버리고
민둥산에 들어선 숲처럼 불어난 살림

왜 몰랐을까 그때는
가난을 들어 올린 그 빛나는 삽이
허리 굽은 아버지 등이었다는 걸

힘 빠진 아버지가 낡은 삽을 들고
내리사랑을 씩씩하게 파고 계신다

옹이

허기진 배를 채우지 못해도
나날들 지나야만 했다
줄줄이 입을 벌린 꼬물이들을 위해

손등에 앉은 상처는 삶의 파도

늙은 목수가 그은 선
돌이킬 수 없는
꼭 잘라야만 하는 운명
날이란 날은 나무를 물고 늘어지고
나무는 말없이 온몸을 다 내 준다

낯선 선을 누에처럼 야금야금 먹던 날
두 동강 난 허리는 아픔을 삭이고
휴전선을 지키는 초병의 눈에 맺힌 이슬은
부모가 그리운 날

대단한 옹이에 걸린 날

바로 이 맛이야 벌교 꼬막

— 장도리

벌교 주먹이 센 이유다
장도리 때문에

다 나자빠진다 묵직한 한 방에
저 깊고 깊은 곳으로 끌고 간다 지독한 사랑을

뒤통수에 천둥 번개가 쳐도 아프다는 내색도 없다
풋사랑을 품었다 나무와 한판 대결에서 맥없이 구
부러진 못
오지게 맞았다 사랑 싣고 쑥 들어온 못 나무 속 살
을 다 맛보고

좋아서 떨어질 줄 모른다 그렇게 맞고도
잠 못 드는 밤 붉은 해 달아오르듯
서로 다른 몸 하나가 되어 꽃이 되었다

층간 소음도 좋아서 더 맛깔스러운 입맛을 다신다
고요한 밤에 쳐대는 파도 소리에 잠 못 이루고
받아치는 주먹을 맞는다 부드럽게 날린 잽을 던지
며

찬바람보다 무서운 눈비가 스며들면
그렇게 좋던 금슬에 깊은 주름이 생긴다
갈등이다

낡은 인생을 뽑는다 날 선 두 귀가 비릿한 입을 꽉
물고
송곳니 빼내듯 아랫도리가 불끈 솟아오른다

그놈 참 실하게 생겼다 녹슨 못에 담긴 세월
낡은 옷을 벗겨낸다 녹슨 입술에 걸린

봄이 오면 집 짓는 소리에 힘이 솟는다
벌교 꼬막 때문에

심술 난 예초기

1년에 겨우 한 번 쓰는 물건
먼지를 떨어내고 긴 잠을 깨우면
어린아이 투정 부리듯 옹알이한다

쉼 없는 시동에도 크렁크렁 헛소리하고
정비 기사 손맛을 보고서야 콧노랠 부른다

녹슨 낫 이젠 편히 쉬라며
카랑카랑한 노래를 타고 잡초를 하나하나 잠재운다
성질부리는 뙤약볕도 뒤로 하고

등짝에 앉은 피로가 물드는 시간
심술을 부린다 신나게 깎아대던 소리가 고요를 물고
야속한 그림자 토해내는 해 새파랗게 질려서 도망
을 간다

녹슨 낫 알겠다는 듯 기지개를 하고 걸어 나와
덜 자란 잡초를 붙잡아 야금야금 적금을 깨 먹는다
막걸리 한 잔의 기운을 받던 시절을 그리며

차갑게 식은 예초기 미안한 듯 시동을 걸고
남은 잡초를 싹 잘라낸다 훌쩍 지난 시간을 부여잡
듯

1년에 한 번 하는 헤어스타일
시원하게 가을 햇살을 안고
잔소리가 그리워 술 한 잔 올린다

덤비면 물 기세로

― 송곳

감나무 속 같은 마음이다

나무에 생긴 크고 작은 상처들
지울 수가 없다 너무 많아서
아픈 상처를 보듬고 멋을 내는 것은
늙은 목수의 사랑이다 송곳보다 더 예민한

나무에 박힌 아픔을 달래듯
예리한 날을 더 아프게 쓱쓱 갈며
덤비면 물 기세로 꽉 깨문 송곳니
접힌 바짓단 속 접힌 그리움을 펼친다

싹 외면하고 그냥 넣어야 하는데
차마 찌르지 못해 날카로운 날을 쥐고
여린 마음이 담긴 자루를 겨우 들이민다
그것이 최소한의 배려라며

〈

수험생같이 아찔하게 콕 찍어서 맞추면 될 것을

성한 날이 없다

인생을 씹어 삼킬 듯 날뛰던 날
시무룩하게 앉아 줄을 서고

오늘, 부러진 틈새로 딸려 온 것은 참을 수 없는 아
픔이다

고운 얼굴에 담긴 상처, 힘없이 앉은 하루
깊게 파인 주름살

아무도 말이 없다 예상했던 일인 듯

장날도 아닌 날
줄줄이 앉은 날들
애간장이 녹고
시린 이를 잡고
날아간 하루 품삯

〈

쌀쌀한 장날에 날들

끌, 대패, 송곳, 드릴, 톱……

하루 일당 걱정에 잿빛이 되었다

날을 힘없이 잡고 빠진 날을 갈아 달라며

틈새를 막아야 하는

빈틈은 난방비 빠지는 소리다
딱 맞으면 좋은데
줄자를 보는 눈이 달라서
손놀림에 놓친 숫자들
톱니바퀴 따라 빠져나간 허술함
유리 문틀 맞춤에서 빼먹고
크면 넣다 뺐다 하기 힘들다며

다 같이 머물다 간 자리에 남은 아쉬움
내 탓은 얼음 밑에 꼭꼭 감추고
다른 사람 탓은 철철 넘쳐나

터진 콩깍지가 된 마음
솜이불에 싸인 겨울을 감싸고
비 스며드는 여름을 널어 말리며
노랗게 질린 틈새를 호박 된장국으로 채운다

〈

무심코 벌어진 입으로 부끄러움이 밀려 나오고
꾹 누르는 손가락에 미안함이 솟구치다
주걱이 휙 힘을 쓰면 쓸수록 달아나는 허술함
뜨겁게 달아오른 겨울날 벗어던진 혹독함

해가 새롭게 뜨는 날
빛바랜 유리 문틀

서로를 감싸는 틈새는 사랑이다

수작 부리지 마라 앞사바리*에 대패 당한다
— 수압대패

이건 돌풍이다

봄 처녀 치맛바람 들게 나불대던 수작
공구 대 밑 쥐구멍 찾는다 손 대패를 들고

벚꽃 길 걷던 양반
물오른 주모에 반해
앞니 빠진 체면도 뒤로 하고
제철 만난 섬진강 재첩국 맛을 보겠다고
허리춤을 푼다

삼복더위를 식히는 봄바람
뻥 차인 발길질에 나가떨어졌다
갈바람보다 더 큰놈
불쑥 들이민다
한 방에 보내겠다고

못다 푼 사랑을 순풍순풍 낳는다

안개 같은 인기에 둘러싸여
깎고 또 깎는다 그리움을
깨어진 유리창 틈새에 부러움이 끼었다

산을 품은 맛에 빠진 수압대패
땡볕보다 더 날 선 날을 갈고 있다
나가떨어질 순정을 기다리며

물오른 분통 또 다른 수작을 부린다

*앞바퀴를 4개 가진 트럭.

제4부

세상의 모든 맛

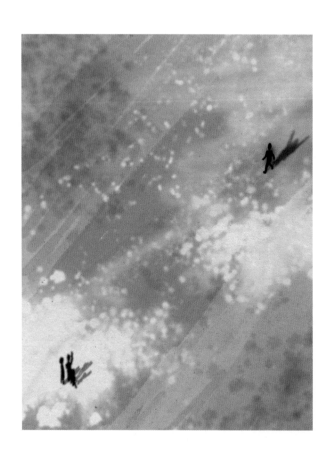

물의 힘

촉촉하게 안고 받아야 하는 일이다

철없는 것들이 그립다
텃밭에 가면 담장 너머도, 안도 다 절인 배추만 가
득
이 집 저 집 다 묶었는지
제상에 있어야 할 밤, 대추가 없다

잘 익은 씨 없는 수박, 잘 익은 자두
뜨겁게 버무려도 다 헛수고
제대로
풀어야 제맛

큰일이다 이러다가는

꽁꽁 묶인 어린이집을

활짝 열어야 한다

제대로 풀렸네
시원하게 콸콸 쏟는 맛
품었다 열 달을

매듭을 풀어야 한다

불타는 하루

이렇게 싱거운 맛이라니

된장도 아닌 펄펄 끓는 그리움을 넣는다

식탁에 앉은 소금, 후추 질퍽하게
쑤셔 넣는다 간간이 주무르면서
후끈 달아오른 김 더 힘을 쏟는다

살갑게 후후 불며 먹던 맛
다 맛을 본다
걸쭉한 냄비 그 야무진 입맛을 다신다
이 입도 저 입도 다 맛있다며

쫄깃한 맛, 못잊어 우려낸 맛
올라탄다 하르르 불타는 가스 불 위로

어제 그 입맛이다

방긋 웃으며 살포시 눈을 흘긴다

입맛을 다신다 또 먹고 싶어서

이건 반칙이다

갈 데까지 가 보자

끝날 때까지

누가 더 잘 먹는지
수북하게 쌓인 하루를 둘둘 말아 삼킨다
안주도 없이
크렁크렁한 속 야속하게 야夜하게 돋아나고

꽃 속에 담긴
하늘 아래 딱 하나뿐인 마음
참방참방 흐르는 물을 타고 간다

성근 볕맛에 취한 배롱나무
풋풋한 가슴을 떨구고
상큼한 아침을 담는다 온몸으로

허겁지겁 달려가는 햇살

야한 밤도 오기 전에
쑥쑥 솟는다 온 힘을 다해

해도 해도 너무 좋아해
그런데 우린 다 혼자야

첫눈에 반했어

첫눈에 들어왔어
짜릿한 마음으로
살살 내민 손
일렁이다 놓쳤다

기다렸다는 듯
잘도 쏙쏙 뽑는데
이리저리 달래고 달래도 헛수고

줄 듯 말 듯
감질나는 속
그도 기다리고 있었다는 듯
안달한다 파르르

떨어진 연분홍 저고리
더 붉게 타오른다

속속들이 들이미는 맛에
첫눈에 반했어

누름돌

다 벗었다

똘똘한 아랫도리 불끈 쥐고
푹 담갔다 한여름 더위를

사과를 먹고서
알았다 그것이 부끄러움이란 걸

꽉 들어찬 잎들을 달랜다
남은 공간 가득 정분이 났다

누름돌 밀고 올라선 힘
부르튼 어제를 삭힌 맛이다

뜨거운 한여름을 삭이고 삭혀
열 달을 품었다

〈

장독에 앉은 깻잎에
빨간 고추, 솔가지가 걸렸다

속 터지는 소리를 그린다

지는 꽃이 아름답다

절정의 순간
다 벗어 던진다는 건
제대로 눈 맞았다는 것

가득하다
질펀하게 늘린 잎들
봄바람 맛도 아닌 맞바람 맛

한여름 풋사랑을 품고
방이란 방마다 받아들인 낯선 씨앗들
익어가는 가을을 톡톡 낳았다

사랑 씨앗이 떨어졌다 저 맞바람에

불어 터진

찾고 또 찾았던 맛이다

내장산보다 더 고불고불한 길
쫀득쫀득한 입맛이다

은근하게 푹 담근 무, 몸을 풀고
차지다 못해 벌겋게 달아오른 떡볶이
대파 맞은 어묵, 더 맛을 내고
붉게 더 물든 탱글탱글한 순대
화끈하게 물고 달콤한 사랑을 품었다

속사정 없이 잘 버무려진 몸
속 녹이는 맛,
속 풀리는 맛,
속상한 맛
입맛 따라 춤을 춘다 부끄럼도 잊고

〈

불끈불끈 솟아 다 벗었는데
어쩌면 좋아 다 불어 터진 떡볶이

더 불어 터졌다 너나 할 것 없이 먹기도 전에

첫 비행

그대가 내게 달려오듯 달아올랐습니다
첫 비행 아찔하다 마른 날개가 더 말라서

벚꽃 피는 소리는 님 부르는 소리
첫 비행 나온 벌 서툴게 들이밀다 떨어졌다
화들짝 벌어진 꽃잎 속으로

이건 살벌한 첫사랑이다 놓칠 수 없는
열린 하늘 봄이란 봄 다 낳았다, 꽃등 밭에

지천에 뚝뚝 떨어진 꽃잎 사랑을 하르르 물고 있다

이건 절박한 내일이다 놓칠 수 없는
더 이상 떨어져서는 봄이란 봄은 없다

마실 나온 부추 묵은 고추를 부추기고 있다

텃밭에 묶인 내일을 풀며
밭일을 한다 밤일

붉게 달아오른 사내 내일을 낳겠다며
풋풋한 사과를 물고 능숙하게 비행을 한다

어서 가라

밀려오는 먹장구름
비를 안고 꾸역꾸역 밀려온다

다 팔았다 어쩌면 좋아

동동주 한 잔
말아먹고
어서 가라 비 오기 전에

떠나는 님
혼자 보내기 아쉬우면
먼저
어서 가라 비 맞기 전에

다 가고 나면
이곳엔 네가 있었다는 것 다 잊고

너도 어서 가라 비 맞으며

다 팔았다 발걸음이 가벼워

걸어가는 슈룹*에 노래가 흘러나온다
빗물에 젖은 가슴 뜨겁게 들썩인다

*옛날 우산.

128

또 다른 접속, 아픈 줄도 모르고 아팠다

줄줄이 나가떨어져도
탱탱한 줄 알고 노랗게 울었다

물오른 맛에
벗은 줄도 모르고
싱싱한 고기가 되어 오르고 또 올랐다
책가방이 하나둘 늘어나는 것도 모르고

그래도 그때가 좋았다
살맛 나는 날 많아서

살 빠진 다리에 낀 여유
새것만 찾아다닌다 눈에 안 보이는 줄 알고

물 빠진 맛에
입은 줄도 모르고

더 싱싱한 고기만 찾고 또 찾는다
허릿살에 접힌 어제도 모르고

줄줄이 잡아끌어도
썩은 줄 알고 뻐꾹뻐꾹 울었다 시뻘겋게

꽃길만 걸어도 될 것을 탐하다니

살살 녹는다는 건
후끈 달아올랐다는 것

뜨겁게 젖은 부끄러움을 시냇물에 씻으러 간다 흠뻑
참는 것은 또 다른 아픔이라며

사랑초보다 더 달달하게 질러댄다
견우직녀 눈물보다 더 진하게
사랑에 취한 입술 길을 잃었다
참나무 장작 하얗게 질리도록

늦바람에 들떠
분한 듯 붉게 물든 눈
수놓은 꽃잎 자수를 몰래
한 풀 한 풀 풀어헤치다 죽도록 맞았다

차갑게 식은 풋사랑을 지운다
달빛 조각에 숨겨둔 미소까지

살살 죽는다
주가主家 오르기도 전에

팝콘 바다에 빠지고 싶어요

— 잠시 쉬었다 가게
코를 잡아당기는 소리

벌렁벌렁 나대는 마음
들켰다 나도 모르게

눈 맞은 눈 떨어지기 무섭게
염치가 체면이 사라졌다

조물조물 부딪히는 손맛
참지 못하고 덮친 입술

어둠이 숨겨준 그곳
새로운 이야기가 생겼다

불 켜진 영화관

— 뭘 봤지

여리고 여린 손, 네온사인 속으로 끌고 간다
달아오른 낯
달 사라지기 무섭게

펑펑 터지는 팝콘 맛을 찾아

어 찌찌

이젠 없다 어릴 적 물었던 엄마 찌찌

훌쩍 커진 키만큼 지나간 것들
잊고 지낸 것을 끄집어낸다

이젠 만질 수도 없는 그 맛
바람 빠진 아내 젖이 울고 있다
서럽도록 젊은 날 다 가고 없다고

견우직녀, 소낙비도 못 말리는 무더위
가마솥을 짊어진 하늘
파랗게 질렸다

입이란 입 빨고 있다
너도나도 할 것 없이

새콤달콤한 쭈쭈바 한입에 목이 멘다

청양고추

너도 나도 찾는 집
이 맛에 찾는 집

놓치기 싫은 맛
맵게 쏘면 쏠수록 더 찾는
장승보다 더 실한 놈을 잡고도

청양고추 한입 물고
화들짝 놀라 달아난 잠
실한 놈을 잡고 씨름한다

뜨겁게 달아올랐다는 걸
서로 알았어
그도, 나를
찾고 있었다는 것

| 해설 | 이승하 시인, 중앙대 교수

군문을 떠나 생활의 현장으로,
공구들의 세계로

군문을 떠나 생활의 현장으로,
공구들의 세계로

　지금 이 시대의 수많은 시인 가운데 영관급 군인 출신의 시인이 있는가? 생각이 나지 않는다. 하인근 시인의 경우 30년을 근무했던 군에서 2016년에 나왔다. 육군 중령으로 예편하여 5년 만인 2021년에 등단했으니 참으로 특이한 경우다. 50대에 사회에 뛰어들어 그가 시작한 일은 건설업이다. 실내 리모델링, 인테리어, 설비, 수리 등을 하면서 완전히 다른 세계에서 살게 된다. 군에서는 부하가 모는 차를 탔었는데 직접 트럭을 몰고 다니게 되었다.

　학군단 단장을 했던 대학에서 체육학 박사과정 등록금을 냈다. 그 학교에 평생교육원 시창작반이 있다는 것을 알게 되어 등록해 수강하면서 지금까지와는 완전히 다른 세계로 뛰어든다. 무武에서 문文으로. 병영에서 문학으로. 훈련에서 습작으로. 천지개벽할 일이었다.

군 생활 과정에서도 건설현장에서의 작업도 사람의 목숨이 왔다 갔다 할 수 있는 위험한 경우를 많이 겪었을 것이다. 전자는 국가를 위해, 후자는 가족을 위해 내 몸을 사르는 점에서는 다 같이 살신성인이었다. 그런데 체육학 박사학위와 시인 등단은 그런 차원이 아니다. 창작의 세계는 학문의 세계와도 다르지만 무武를 숭상하는 군과는, 기계와 기술이 필요로 하는 건설업과는 천양지차다. 군은 명령에 죽고 명령에 살며 규약과 규율을 반드시 지켜야 한다. 건설업은 또 어떤가. 자재資材, 공기工期, 대금代金, 완공完工, 업체業體, 설비設備 등의 낱말이 난무하는, 아주 딱딱한 세계다. 군 생활 30년 동안 청춘만 바쳤던 것이 아니다. 사고 방식 자체가 '틀에 박힌' 군인이었다. 게다가 뒤늦게 발을 디딘 건설현장에서는 신병이었다. 실수를 연발했겠지만 이제는 잔뼈가 굵어 베테랑이 돼 가고 있는 중일 것이다.

제1부에는 얼룩무늬 군복을 입고 있던 시절을 반추하면서 쓴 시들이 모여 있다. 이 땅에서 발표되는 무수한 시 가운데 군 생활의 이모저모를 이렇게 생생히

그린 경우는 없었다. 대학의 문과를 나온 ROTC 장교
가 적지 않았는데 아무도 군 생활을 시로 써볼 생각을
하지 않았던 것이다.

서로 다른 마음
서로 다른 걸음
어떻게 맞출지 멈칫

사열대에서 쪼아대는 비수
열도 못 맞추냐고

한겨울 계곡에
얼음 깨고 입수한다

— 우로 봐
— 충성
—「우로 봐」 전문

군대에서는 사열査閱이라는 것을 한다. 몇백 명의 군
인이 일사불란하게 오와 열을 맞추어 행진하다가 "우
로 봐"라는 명령이 떨어지면 고개를 우로 돌리고선 지

휘자를 향해 "충성" 하고 똑같이 큰소리로 외친다. 이 것을 하기 위해서는 제식훈련을 해야 하는데 이 훈련은 단체의 일원이 되는, 기본 중의 기본인 훈련이다. 이 훈련이 끝나고 얼마 안 있어 하게 되는 화생방훈련은 각종 훈련 중에서도 가장 고약한 것이다.

데모의 맛이다
왜 벗기지
악을 쓰면서 불러야 품격이 남다르다

땀구멍에 비상이 걸렸다
햇빛에 놀라 화상 입은 지렁이처럼
따갑게 미련이 밀려 나온다
벗는 척할 걸

바람도 달아났다
맵고 따가운 맛에

미련을 씻고 씻어도
매캐한 맛 소리 없이 눈물을 쏟아낸다

집 떠날 때 애써 참았던 눈물

여기서 흘리다니

아레스도 홀린 눈물

　─「뜨거운 눈물 콧물 맛을 봐야 산다」 전문

　화생방훈련은 밀폐된 공간에서 이루어진다. 방독면
을 벗고서 노래를 부르게 하는데 그때 독가스를 뿜어
냄으로써 눈물, 콧물을 주체할 수 없게 된다. 침까지
질질 흘린다. 어느 시기, 대학에서 데모를 많이 하고 입
대하면 벌 비슷하게 화생방훈련에 내몰기도 했다. 최
루탄보다 독성이 강한지 확인해 보라는 듯 못된 심보
에서 하는 경우가 많았다. 그런데 방독면을 벗은 그때
부르게 하는 노래가 잔인하게도(?) 〈어머니의 은혜〉
같은 것이면 눈물을 더 많이 흘리게 된다. 시인은 화
생방훈련의 '맛'을 바람도 달아나는 맵고 따가운 맛,
미련을 씻고 씻어도 매캐한 맛이라고 표현했다. 아레
스는 전쟁의 신으로서 주로 싸움과 전투를 담당하며,
승리를 바라는 군사들은 그를 숭배한다. 아레스의 눈
에서 누가 눈물을 빼낼까. 독가스일까 어머니에 대한
그리움일까 군대에 와 있는 서러움일까. 그런데 '쌈

밥'(군대밥)이라는 것이 참 희한하다. 이병과 일병이 다르고 일병과 상병이 다르다. 상병과 병장이 다르다.

우당탕퉁탕 소리에 척척 걸쳐지는 놀란 군복
눈동자보다 더 검은 군화가 힘을 쓰고
뜨겁게 달아오른 열기를 식힌다

훈육 장교 구령 소리 떨어지기 무섭게
지렁이 같던 줄 영천역 철길이 되고
여린 눈에 서서히 깡이 스며들었다
어정쩡한 군홧발도 척척 손발이 맞고
삐져나온 군복도 알아서 제자리를 찾았다
　　—「연탄불보다 더 진한 뜨거움이다」 부분

구르다 보면 어느새 적응을 하고서 또 살아가는 게 인간이다. 짬밥 수가 군인의 자세를 갖추게 한다. 요령이 늘고 대응력이 생긴다. 어리벙벙한 훈련병을 빠릿빠릿한 병사로 만드는 것이 바로 짬밥 수이다. 시집에는 각개전투, 총검술, 사격, 독도법, 행군, 경계근무, 위장, 유격훈련 등에 대한 묘사가 이어지는데 다 힘들어 쩔쩔매게 묘사하지 않고 유머러스하게 그린

144

다. 군필자는 하인근 시인의 시를 읽고선 그 힘든 것을 이렇게 재미있게 요약하다니, 희한하다고 감탄사를 터뜨릴 것이다.

군인으로서 받는 모든 훈련이 힘들기만 한 것이 아니다. 그것의 보람은 가족을 지키는 일이기 때문이고 나라를 지키는 일이기 때문이다. 공수훈련을 시인은 다음과 같이 아름답게 묘사한다.

기구점프는
흔들리는 지구를 떠안는 기분이다
쫄아든 것 더 쫄고 있는

C-130 수송기
그 굉음은 지옥을 부르는 소리
미사리 상공에 수많은 장미가 꽃을 피웠다
새파랗게 질린 하늘을 위로하기 위해

하얗게 핀 장미마다 기도가 떠다닌다
아무런 일 없이 다시 만나자는

그렇게 하늘을 날았다

진짜 날개를 달고
—「하늘에 꽃을 피웠다」후반부

  만에 하나, 낙하산이 펼쳐지지 않으면? 불안감을 잔
뜩 안고 C-130 수송기를 탔을 것이다. 하지만 걱정한
것과 달리 수많은 병사의 낙하산이 펼쳐져 미사리 상
공을 수놓았고, 그것을 본 하인근 사관후보생은, 혹은
하인근 부대장은 안도의 한숨을 내쉬었을 것이다. 오
늘 훈련은 완벽하게 성공! 그런데 군에서 '훈련' 하면
유격훈련을 빠뜨릴 수 없다.

온몸 비틀기, 쪼그려 뛰기
이건 고문이다
그런데 코스마다 한다
교관들 우리를 원수 보듯

마지막 반복구호는 유격의 꽃이다
차가운 한여름을 뜨겁게 데우는 군고구마 같은
그런데
뒤통수가 서늘하다
이보다 더 좋은 피서는 없다는 듯

쉬는 시간이 두려워지는 이유다

─「은밀하게 아무도 모르게」전반부

땀으로 목욕을 하게 하는 유격훈련을 실감나게 묘사하고 있다. 여성 독자나 군 미필자는 이 시에 나오는 온몸 비틀기, 쪼그려 뛰기는 뜻을 이해하겠지만 '마지막 반복구호'는 모를 것이다. 고도의 집중력과 초인적인 인내심을 요구하는 유격훈련을 받는 동안 군인들의 정신력은 날선 칼이 된다. 온몸의 군살이나 굳은살은 다 빠져나간다.

허약한 손에 굳은살은

몰랐다 또 다른 칼을 품었다는 걸

믹서기 칼보다 더한 지독함으로

구릿빛이 빛나는 날

파도보다 더 출렁대는 복근

은밀하게 유격대원이라고 부른다

─「은밀하게 아무도 모르게」종반부

훈련을 받다가 훈련을 시키는 사람이 되었고, 그마

저도 하지 않게 되었을 때 하인근 중령은 군복을 벗기로 한다. 빈둥빈둥하면서 식사시간을 기다리는 삼식이는 체질이 아닌지라 건설현장을 누비기로 했다. 레미콘 타설로 집 짓기가 끝나는 것이 아니다. 마무리할 손이 바로 총을 잡았던 내 손이라고 생각하고는 건설현장으로 건설 지휘관이 되어 뛰어들었는데 회사명은 '위 하우징'으로 했다.

이번 시집의 엑기스가 제2부부터 쏟아져 나온다. 국방은 훈련을 반복하면서 적의 침공을 막는 것이지만 건설은 새로운 건축물을 세우는 전략이고 우리가 살 집을 짓는 행위이다. 후자가 더 역동적이기에 하인근은 그 세계로 나아간 것이 아니냐. 그런데 해설자는 건축에 대해 아는 것이 전혀 없다. 해설하기가 민망하다.

이건 기선을 제압하기 위한 짜릿한 질서다

먹줄 따라 처음으로 만든 집

거푸집, 이것 없이는 시작도 못 한다

연거푸 걸어 나와 짝짓기를 한다

방아쇠를 당기고 있다

버림, 바닥에 걸쭉하게 매긴 먹줄을 향해

지켜야 하는 경계선은 꼭 지키라며

　　―「가득 채우려면 텅텅 비워야」 전반부

　처음 집을 짓는 건설현장에 섰을 때 그는 군인정신
으로 무장하고 있었기에 "방아쇠를 당기고 있다"는
표현을 썼다. "지켜야 하는 경계선은 꼭 지키라며" 같
은 표현도 왠지 군대식이다. 먹줄 따라 처음으로 집을
만들었을 때 그는 거푸집의 중요성을 실감하였다. 콘
크리트를 일정한 치수와 형태로 굳히기 위해 설치하
는 구조물인 거푸집이야말로 기본틀임을 절감한 첫
작업을 무사히 마쳤다.

　집마다 쌓인 믿음을 신뢰라는 철근에 묶고

　틈이란 틈 다 막는다 틈새에 낀 낯선 상처도 함께

　한 방울도 흘리지 않겠다며

　모서리, 면마다 뜨겁게 달아오른 마음

　찬바람 달아나듯 차갑게 텅텅 비워야만 한다

　거푸집 깨고 튼실하게 걸어 나오길 바라며

이건 또, 다른 희생이 남긴 자부심이다

　　―「가득 채우려면 텅텅 비워야」후반부

일을 맡긴 사람의 입이 참으로 중요하다. "그 사람 참 정직하고 성실합니다." 이 말을 공사를 맡긴 사람이 주변에 하면 현장의 감독에게는 밥벌이가 계속 생기는 것이다. "그 사람한테 일 맡기지 마쇼."라는 말은 온 동네에 금방 퍼진다. '믿음'과 '신뢰'가 보증수표가 되는 것이다. 그 모든 어려움들을 다 이기고 공사를 마쳤을 때의 자부심은 한 부대의 지휘관으로서 부하 병사들이 유격훈련이건 혹한기 훈련이건 무사히 마치고 귀대했을 때 느낀 자부심에 못지않을 것이다. 첫 공사 이후 다양한 공사 경험을 하게 되는데 보일러 공사는 고난도의 기술이 필요하지 않았을까.

또르르 그린 달팽이 집
분배기에 걸렸다
떼려야 뗄 수 없는 인생이다

곱게 구부린 곳, 깊은 상처를 숨기고
장대같이 쭉 뻗은 다리엔 꽃이 피었다

대쪽 같은 곳 눌러야 한다

엑셀 파이프 울지 못하도록

레미콘 타설에도 견딜 힘을 매단다

그것은 배려다 오랜 기간 버티라는

잔뜩 바람 든 내장

크렁크렁 떼를 쓴다 나가기 싫다며

다 토하면 찾아오라며 진단서를 내민다

따뜻하게 자고 싶으면 빨리 나오라는

분배기가 귀뚜라미 소리에 잠이 들었다

엄마 방에서 새어 나오던 기침이 잦아들 듯

―「보일러 작업」전문

보일러를 놓은 작업의 과정을 본 적이 없다. 그래서
이 시가 잘 쓴 것인지 모자란 것인지 평가를 내리기
어렵다. 전반적으로 공사 과정에 대한 직접적인 묘사
보다는 은유적이고 상징적으로 쓴 것이라 짐작이 간
다. 다만 공사 하나하나가 우리네 인생살이의 축소판
이라는 느낌을 강하게 받는다. 과오나 실수가 있으면
큰코다치는 것이 건설현장이다. 삼풍백화점을 생각해

보라. 당산철교를 생각해보라.

독이 제대로 올랐다

어쩌면 정신 줄을 더 잡았나 봐
무뚝뚝하게 떨어진 양심을 주웠다
너무 가볍다
아니, 정말 고맙다
그런 양심을 어떻게든 꽉 잡았는지
그 양심마저 똑똑하게 떨어졌다면
아찔하다

귀신은 속여도 자신은 못 속이는데

철근 배근공 손에 자부심이 담겼다
여린 철삿줄 칭칭 동여맨다 양심을
훗날 떨어질 줄 모르는 인내를 매달고

콩고물이 난무하는 건설현장
업을 차곡차곡 시한폭탄에 담는다
제 핏줄 다치는 줄 모르고

집에도 나이든 사내가 밥만 축을 낸다
마디마디 핀 양심을 하나둘 세면서
—「철이 없다 진짜」 전문

　이 시는 희한하게도 처음부터 끝까지 '양심' 얘기를
하고 있다. "콩고물이 난무하는 건설현장"이라는 구
절이 잘 말해주고 있는데, 건설현장의 부조리는 우리
의 상상을 초월한다고 한다. 싼 자재를 쓰면 그 차액
이 고스란히 내 주머니로 들어오는 세계다. 철에서 빼
먹을 수도 있고 유리에서 빼먹을 수도 있을 것이다.
벽지는? 도색은? 품종은? 기종은? 인력은? 하지만
보람도 톡톡히 느낄 수 있나 보다.

　　어설픈 풋내를 감추기 위해
　　쌓아야 한다 풋풋한 마음으로

　　모서리에 튀어나온 성질머릴 누르고
　　틈새에 걸친 까칠까칠한 친절을 붙잡고
　　은근슬쩍 이은 몸도 모른 척 팔짱을 끼고
　　깊게 팬 고랑에 담긴 심술을 묻고
　　모난 마음을 툭툭 달래며

타일을 차곡차곡 쌓아 타일 벽을 만들었어

높다고 그만두면 큰일이다
다음 날 일당은 없기에
까치발을 해서라도
무조건 오늘 안으로 타일러야
행과 열, 대각 다 안 맞아서
추상같은 추를 내려 차곡차곡 쌓았어

벽 속에 갇혀 있던
그 풋풋한 마음을 걷었다
　　　—「벽을 탐하다」 전문

　아마도 하인근 사장은 벽을 쌓으면서 인내심을 기르지 않았을까. 한 건 공사를 마치고 나서 세상 모든 일이 내가 명령하면 이뤄지고 상관의 명령을 이행하면 끝나는 것이 아님을 깨닫게 되지 않았을까. 벽체 공사를 하면서 모서리에 튀어나온 성질머리를 누르는 법을, 깊게 팬 고랑에 담긴 심술을 묻는 법을, 모난 마음을 툭툭 달래는 법을 배웠다고 한다. 벽 하나도 쌓는 게 쉽지 않았을 것이다. "까치발을 해서라도/ 무조건 오늘 안으로 타일러야" 한다는 것을 비로소 알았다. "행과 열, 대각 다 안 맞아서/ 추상같은 추를 내려 차곡차곡 쌓았"다고 한다. 그랬더니 "타일렀던 벽 속에 갇혀 있던/ 그 풋풋한 마음"을 걸을 수 있었던 것이다. 현장에서 때로는 일당을 받으면서, 때로는 수고비를, 때로는 건당 얼마씩을 받으면서 예비역 중령 하인근은 인생살이의 지혜를 뒤늦게 배우고 있었던 것이다.

시집은 제3부에 이르러 공구 하나하나를 다루고 있다. 목재를 찍어서 깎고 가공하는 연장인 자귀가 첫 번째 대상이다. 나는 사실 지금까지 선덕여왕 설화에 나오는 지귀라는 이름은 알고 있었지만 자귀라는 고유명사가 있는지 몰랐다. 사전을 찾아보니 개나 돼지한테 오는 병의 일종이라고도 하고 짐승의 발자국이라고도 한단다. 내가 참 무식하였다.

허공을 피눈물 없이 싹싹 가르고 갈랐다

더 빛나는 날
더 실룩이는 엉덩이춤에
더 새파랗게 놀란 통 큰 나무

더 많은 업을 깎고 깎는다 툭툭

소복이 쌓은 자귀 밥은 나무의 역사다

아주 오랜 자귀질 끝에
믿음직한 기둥을 낳았다
품었던 마음을 은근슬쩍 내민다
대들보에 순정을 바치겠다며

허공을 동여맨 거미줄을 놓았다
　　　—「자기 말고 자귀」 전문

　자귀가 이렇게 생긴 것임을 찾아보고서야 이 시가
어렴풋이 이해되는 것이었다. 그러니까 제3부의 시편
은 독자들이 한 편 읽고 스마트폰으로 찾아보고 또 한
편 읽고 찾아보는 수고를 해야 할 듯싶다. 물론 공구
에 대해 잘 알고 있다면 그럴 필요가 없겠지만.

　자귀의 도움이 없이는 나무를 다룰 수 없으니 자귀
는 어찌 보면 동업자 내지는 협력업자다. 많은 공구들
에게 인격을 부여하고 값어치를 인정하니 이렇듯 시

자귀

드릴머신

가 나오는 것이다. 두 번째 다루는 공구는 탁상용 드릴머신인데 완전히 기계다.

질 수 없는 싱거운 싸움이다

스산한 바람이 불어야 힘이 난다
걸리면 제아무리 예쁘고 귀여워도
모조리 죽여야 한다

전리품에 걸려 있는 무딘 날
차곡차곡 쌓인 이야기를 까먹고
전쟁터에서 첫 승을 한 새날
미친 듯이 다 잡아먹는다
제 날 죽는 줄도 모르고

너무 얕잡아보다 예리함이 달아났다
이건 재료들의 짜릿한 바라
같이 죽자며 덤비는 바람에
불타나게 당했다

떨어진 날카로움은 또 다른 상처를 낳는다

여기저기에서 상처들이 수런수런한다

이젠, 승전보를 울리고 자리를 넘겨줘야겠다
　　—「속살 파먹는 재미에 풍덩 빠지다」전문

　이 시는 탁상용 드릴머신 사진을 찾아보았지만 도
무지 이해가 안 되어 시인에게도 독자에게도 미안할
뿐이다. 하지만 현장에서의 노동을 묘사하는 과정에
서 전리품, 전쟁터, 승전보 같은 시어가 동원되니까
아주 역동적이고 전투적임을 실감할 수는 있다. 역시
군 출신이라서 그런가 보다. 그런데 이런 군대에서 쓰
는 용어들이 건설현장에서도 잘 통하는 것이 묘하다.
　건설현장의 장비나 공구는 이외에도 톱, 삽, 장도
리, 송곳, 끌과 망치, 분통과 먹통, 함마(해머), 반생이
와 시누와 가따 외에도 수압대패, 그무개, 해머드릴,
핸드 그라인더, 전동 임팩드라이브, 예초기 등 다양하
게 나와 시의 소재가 된다. 그런데 모든 공사가 순조
롭게 진행되면 좋지만 사람의 일이란 게 뜻한 대로만
되지는 않는다. 분통이 터지는 날도 있다.

　세상에 이런 줄 없을 정도로 딱딱 맞아야 하는데

하필이면 이런 실수를 할 줄이야

시간표대로 착착 맞았는데 먹구름이 끼다니
입찰 성사 소식에 싹 빼앗긴 들뜬 마음
기쁘다 못해 눈 뜨고 제대로 한 방 맞았다

모내기 못줄같이 후끈 달아오른 마음을 급히 잡고
봄바람 맞은 꽃잎 내려앉듯 분한 얼굴에 퉁 튕긴 줄
그린 분홍 줄은 하루를 마무리하는 지름길이다
여기서 그린은 무얼 말하나요
술 취한 듯 들뜬 눈엔 분명 그렇게 보였기에

가을걷이하는 손에 잡힌 먹줄 까맣게 잊고
힘없이 두~둥 튕긴 새까만 줄 하나
─ 야! 분통 터지게 할 작정이야
먹통이 아니고 분통으로 해야지
─「분통 터지는 날」 전반부

　분통을 써서 해야 하는데 먹통을 쓴 날, 정말 큰 실
수를 한 것이다. 아직 공사판에서 초짜였을 때의 일이
었을 것이다. 군대에서야 중령이지 공사현장에서는

160

훈련병이나 일병이었을 때의 일이었을 법하다. 하지만 이미 엎질러진 물, 주워 담을 수 없다.

　시무룩한 먹줄에 분을 칠한다 변명거리를 생각하며

　— 일 잘한다고 해서 믿고 맡겼는데 이게 뭐예요
　잘못된 것 다 바꿔주지 않으면 잔금 받을 생각은 마세요

　너덜너덜해진 자존심 나사못 빠지듯 달아나고
　애꿎은 나무에다 화풀이를 한다
　이왕 이렇게 된 것 빨리 끝내고 술이나 먹자

　복장 터진 김 목수 눈에 가득한 미안함
　주름진 하루가 주름살에 더 깊게 파고든다
　　　—「분통 터지는 날」 후반부

　이런 우여곡절이 어디 한두 건이었을까. 일을 의뢰한 이의 호통이 아직도 잊히지 않아서 이 시를 썼을 것이다. 공구를 다룬 많은 시 가운데 '그무개'를 다룬 시를 보기로 하자. 목재에 정해진 치수의 평행선을 긋

거나 자리를 내는 데 쓰는 공구인 그무개를 시인은 이
렇게 노래한다.

구부러진 허리에 걸린 하루를 달래는 날

양손에 닥친 일거리 힘겹게 다가오고
헐렁한 바지춤을 추스르니 잣대에 놀란 그무개

야윈 손에 안긴 눈금을 삳바에 꽉 동여매고
파랗게 질린 나무에 딱딱 맞아떨어지게 맞배지기를

등대기에 꽁꽁 묶인 몸을 밀고 또 민다

거친 살을 날로 먹으려고
빗길에도 눈길에도 아랑곳없이
날을 시퍼렇게 들이대야 하는 일이다
　　—「눈금을 삳비에 꽉 동여메고」 **부분**

공사현장에서는 거의 필수적으로 쓰는 공구겠지만
그곳에 가보지 않은 독자인 해설자에게는 아주 낯선
공구 이름이다. 이렇게 생겼다.

그무개

이 공구를 대상으로 하여 시를 썼으니 얼마나 낯설게 다가오는지. 하지만 이 해설문을 읽는 독자들은 아, 그런 뜻이로구나, 쉽게 이해가 되었을 것이다. 공구를 시적 대상으로 한 시의 매력은 이와 같이 공구의 모양을 찾아보면서 읽은 데에서 더욱 확실히 뿜어져 나올 것이다.

제4부는 대체로 먹거리를 갖고 쓴 것이다. 된장, 순대, 동동주, 팝콘, 청양고추, 땡초 등등 식재료나 음식이 작품의 소재가 되기에 군침을 삼켜가며 읽을 수 있다. 외국 여행을 자주 해본 분은 잘 알고 있겠지만, 외국에 나가면 사실 먹는 것이 뻔하다. 감자 요리를 매끼 먹고 고기를 썰고, 해산물이 있고 과일이 있고……

사흘만 먹어도 싫증이 난다. 그런데 우리나라의 요리
는 김치와 된장이 있으면 온갖 변주가 가능하다.

그런데 식재료와 음식을 소재로 한 일련의 시는 유
머센스 외에 또 다른 요소를 갖고 있으니 건강한 에로
티시즘이다. 우리가 흔히 하는 말로 '야한 표현'들이
자주 눈에 뜨인다.

식탁에 앉은 소금, 후추 질퍽하게

쑤셔 넣는다 간간이 주무르면서

후끈 달아오른 김 더 힘을 쏟는다

—「불타는 하루」 제3연

떨어진 연분홍 저고리

더 붉게 타오른다

속속들이 들이미는 맛에

첫눈에 반했어

—「첫눈에 반했어」 종반부

다 벗었다

똘똘한 아랫도리 불끈 쥐고

푹 담갔다 한여름 더위를

사과를 먹고서
알았다 그것이 부끄러움이란 걸
　　　　　　—「누름돌」앞부분

　독자에 따라서 전혀 에로틱한 표현이 아니라고 하
면 할 말이 없지만 해설자로서는 가슴이 두근거릴 정
도다. 인간에게 '먹는다'는 행위는 생명을 연장하기
위한 것인데, 그것이 가능하려면 동물과 식물, 혹은
어류와 유류 제품을 먹어야 한다. 즉, 다른 생명체를
먹고 나라는 존재의 생명을 연장하는 것이다. 그런데
인간의 3대 욕망이 식욕과 수면욕과 성욕이 아닌가.
해설자가 갖고 있는 금성출판사 판 국어사전을 보니
'먹다'의 열다섯 번째 설명이 "(남자가 여자를) 성적 대
상으로 삼아 정조를 빼앗다. 비속어."로 되어 있다. 왜
먹거리를 다루면서 에로틱한 표현들이 많은지에 대한
설명이 되고 있는지 모르겠다. 먹거리를 다룬 시가 아
니더라도 생명체의 생명현상은 에로티시즘을 지향하
게 마련이다.

지는 꽃이 아름답다

절정의 순간
다 벗어 던진다는 건
제대로 눈 맞았다는 것

가득하다
질펀하게 늘린 잎들
봄바람 맛도 아닌 맞바람 맛

한여름 풋사랑을 품고
방이란 방마다 받아들인 낯선 씨앗들
익어가는 가을을 톡톡 낳았다

사랑 씨앗이 떨어졌다 저 맞바람에
　―「속 터지는 소리를 그린다」 전문

　이 지구상 모든 생명체 종의 종족 유지는 암컷과 수
컷이 일심동체를 이뤄야 가능하다는 것을 우회적으로
표현한 것이 아닐까. 게다가 이런 표현들이 아주 고차
원적이라 시정의 음담패설과는 차원이 다르다.

속사정 없이 잘 버무려진 몸

속 녹이는 맛,

속 풀리는 맛,

속상한 맛

입맛 따라 춤을 춘다 부끄럼도 잊고

불끈불끈 솟아 다 벗었는데

어쩌면 좋아 다 불어 터진 떡볶이

더 불어 터졌다 너나 할 것 없이 먹기도 전에

—「불어 터진」 후반부

지천에 뚝뚝 떨어진 꽃잎 사랑을 하르르 물고 있다

이건 절박한 내일이다 놓칠 수 없는

더 이상 떨어져서는 봄이란 봄은 없다

마실 나온 부추 묵은 고추를 부추기고 있다

텃밭에 묶인 내일을 풀며

밭일을 한다 밤일

붉게 달아오른 사내 내일을 낳겠다며
풋풋한 사과를 물고 능숙하게 비행을 한다
—「첫 비행」 후반부

　시에 떡볶이가 나오고 부추와 고추와 사과가 나오는
데 왠지 이것들이 인간 세상의 남녀상열지사를 표현하
기 위함이지 자연계의 순리가 아닌 것 같다. 밭일과 밤
일은 다르지 않은가. 붉게 달아오른 사내가 '내일'을
낳겠다고 표현했지만 속뜻은 내 네 몸을 통해 나의 2
세를 보겠다는 것이다. 이런 관점에서 보면 제4부의
시편은 예외 없이 에로틱하다. 낯이 확확 달아오른다.
　오랫동안 군문에서 제복을 입고 살았던 하인근 씨
가 뒤늦게 등단해 시를 쓰고 있다. 건설현장을 누비고
다니며 노동을 하는 틈틈이 쓴 시가 어느덧 시집 한
권 분량이 되었다. 이 시집 출간을 계기로 집을 아주
튼튼하게 짓는 우리 시단의 최상급 언어의 건축업자
가 되기 바란다. ✶